강대철 시화집

어느날 문득

살림

작가의 말

젊은 날 예술가로서 작품을 통해
내 존재의 의미를 찾겠다고 발버둥 치며 10여 년.
아닌 것 같아서 중년이 되어
정신세계를 기웃거리며 안간힘을 쓰며 10여 년.
시골로 살림터를 옮겨 무명씨로 살아가면서
나는 무엇인가를 생각하며 보낸 세월이
어느새 20년이 되어 가고 인생을 거의 다 써버린
이즈음에 그래도 어울려 한마디 하고 싶어
말을 내보냅니다.

초암에서

강 (서명)

차례

돌부리

어느 화창한 초여름
모처럼 아침 산책에 나섭니다.

눈부신 햇살을 받으며
한껏 가슴을 제치고
삶은 살아갈 만한 것이라고
의기양양
저수지 둑길을 걷다가
그만
돌부리에 걸려 넘어지고 말았습니다.

에이 씨!
엎어져 화를 내면서
일어서려는데
바로 코앞에서
무심한 개구리 한 마리와
눈이 마주칩니다.

나는
그만 무안해서
개구리를 향해
헛웃음을 웃어봅니다.

산책길

해 뜰 무렵
버릇처럼 걷는
길
냉이꽃 피고

발끝에 걸린
조약돌 하나
잠시
멈춰
귀 기울여 봅니다.

저만큼에선
또
민들레꽃 한 송이
활짝
놀래킵니다.

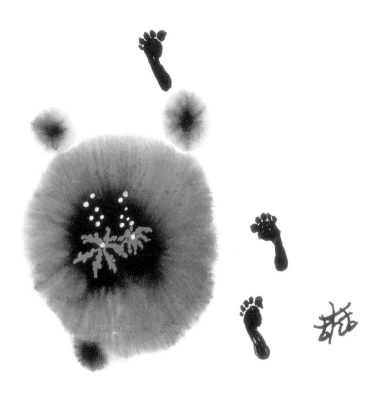

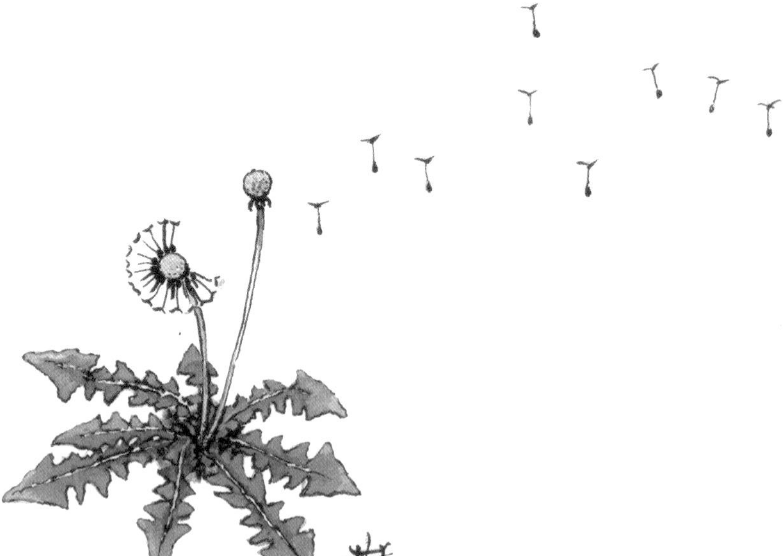

민들레

노오란 꽃잎이 지더니
씨꽃이
하얗게 피어오르고,

바람 한 자락 타고
날아오르는 씨알들.

씨알들.
씨알들.
씨알들.

민머리로 남은
빈 꽃자리에
나는
아직도 머물러
기웃거립니다.

벌레 먹은 자리

텃밭에 배추 한 두렁을 갈았는데,
어찌나 예쁘게 자라는지!
여린 놈을 솎아서 끓인 배춧국 한 그릇으로
밥상 앞이 넉넉합니다.

무럭무럭 자라
김장 날을 기다리는데,
어이쿠!
온통 벌레가 먹었습니다.

겉잎을 떼어 들어 보니
벌레 먹은 자리에 하얗게 남아 있는
배추 줄기가 그물망 같네요.
배추 줄기 그물망으로 쪽빛 하늘이 걸러집니다.

벌레 먹은 자리도
아름답습니다!

지네에게 물리다

지네 물린 자리가 부어오르네요.
서울에 볼일이 있는데,
잔뜩 부풀어 오른 발등 때문에
구두를 신을 수가 없습니다.

마루턱에 걸터앉아 뜨락을 바라보니
햇살 가득히 눈부십니다.
다람쥐 한 마리
노랑딱새 한 마리
산비둘기 한 쌍
너럭바위 위에 어치 한 마리.
어제저녁
음식 찌꺼기를 놓아줬더니
잔치를 벌이고 있습니다.

서울은 며칠 있다 가도 되고,
어찌하다 보면 가지 않아도 됩니다.

지네 물린 발등 때문에
시간이 넉넉해집니다.

잡초와 민들레 밭

이른 봄,
민들레 밭을 만들었습니다….

민들레가 몸에 좋다는 소리에
며칠 동안 둑방을 훑으며
민들레를 옮겨 심었습니다.
한 두렁 가득 민들레를 옮겨 심고
내년부터는 민들레나물 실컷 먹고
민들레 뿌리 술을 담가
건강 챙길 수 있다고 신바람이 났습니다.

어느 날
집 주변에 잡초가 무성해
동네 할머니에게 잡초 뽑아 주길 부탁하고
읍내 장터에 장 보러 다녀왔는데
텃밭 가득 키워 온 민들레가 몽땅 없어져버렸습니다.
눈앞에 펼쳐진 황당한 풍경에
어찌된 일이냐고 할머니를 바라보니,

"잡초 뽑아 달라며?
밭에 웬 놈의 잡초가 가득한거,
이놈들은 징그럽게 퍼진당께!"

풀씨

스스로 터져 튀어나가고
바람에 얹혀 날아가고
지나가는 동물 몸에 붙어가고
물에 떨어져 흘러가고
새들에게 먹혀 똥을 통해 자리를 잡기도 합니다.

모두가 종족 번식을 위한 안간힘일 텐데
대견스럽기도 하고
안쓰럽기도 하고
기나긴 세월 속에서 스스로 터득한 지혜일 텐데….

아침 산책 후
바짓가랑이에 잔뜩 붙어온 도깨비바늘을 뜯어내며
고개를 갸웃거려 봅니다.

그렇게 악착같이 존재해야 하는 이유가 뭐지?

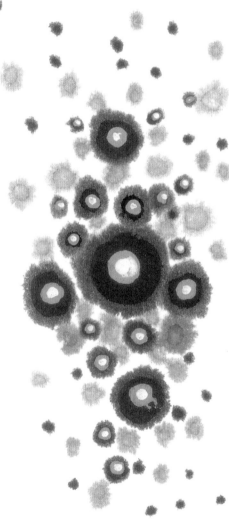

빠진 이

이가 두 개 빠졌습니다.
세월이 빼낸 것이지만,
아쉽고 섭섭합니다.

말을 할 때
공기가 새 나가니
발음이 어눌하네요.

튼튼한 이를 가지고 있던 시절,
많은 말들을 내보내면서
말들이 보이지 않았는데
빠진 이가 있던 잇몸으로
말이 새 나가니
이제야
말들이 보이기 시작합니다.

아!
말들이 보이기 시작합니다.

시력

나이가 들수록 시력이 흐려져 갑니다.
가까운 것들이야 돋보기를 쓰고 볼 수 있지만,
조금만 멀어져도 윤곽이 흩어집니다.
불편함이야 말할 필요도 없으나
어찌 뾰족한 수가 있을까요.

중년의 나이 때
장년의 나이 때도
먼 거리 것들을
오히려 잘 볼 수가 있었는데
늙어지니 세상을 향해 초점을 맞출 수가 없네요.
근시도 아니고 원시도 아닌 노안이라
어쩔 수 없답니다.

그렇게 흐려진 시력 때문에
고운 사람도 없고
미운 사람도 없습니다.
모두가 흐릿한 얼굴입니다.

형편없어진 시력 덕분에
분별이 없어지니
또렷하게 보여지는 것들이 있습니다.
살아오면서 깊숙이 감춰져 외면하고 있었던 것들이
샘물 바닥처럼 보이기 시작합니다.

오호!
마음의 눈이 뜨여지나 봅니다.
늙는다는 것은 또 다른 젊음인가 봅니다.

부스럼

목뒤가 근질거려 긁기 시작했다.
긁을 때마다 시원해서 자꾸 긁었다.
긁은 자리에 딱정이가 생기면
딱정이가 떨어져 피가 나도록 긁었다.

그런데 세월이 흘러
딱정이도 없이 굳은살이 박혀
아무리 긁어도 시원해지지를 않는다.

가려워!
아휴, 가려워!

말에 홀리다

손가락 마디가 아프네요.
잔디 풀 사이사이 파고들은 선피막이 뜯어내느라
온종일 뙤약볕 이마에 이고 손아귀에 힘을 줬으니
그럴 만도 한데,
저녁 무렵 큰대자로 누워 천장을 바라보니
천장이 온통 선피막이로 가득합니다.
잠시 어리둥절하다가
도대체 내가 무슨 짓을 한 거야.

선피막이가 퍼지기 시작하면 잔디밭은 끝장이라는
누군가의 말에 홀려
온종일 손아귀에 힘을 준 것이
어떤 의미인가를 깨닫고는,
손가락 통증이 손목으로, 손목의 통증이
머리까지 올라오기 시작합니다.

선피막이가 퍼져 잔디가 없어지면
선피막이 마당이 되는 것이고
그러면 선피막이 마당에서 놀면 되는 건데
말에 홀려 분별심에 빠졌구나!

그날 밤
말에 홀린 자책감에 선피막이의 억울함을 온몸으로
느끼며 밤새 뒤척거렸습니다.

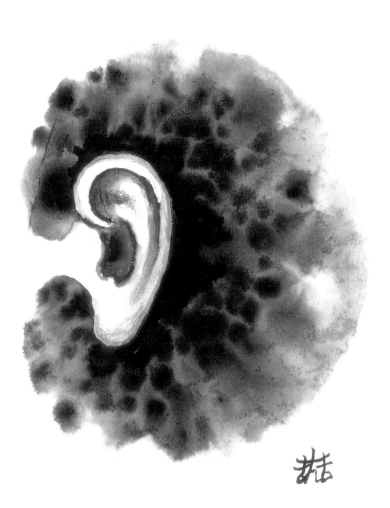

음치

아무리 따라 해보려 해도
아무리 흉내 내어 보려 해도
그 가락을 비슷하게라도 뽑아낼 수가 없습니다.
머릿속에서는 멋들어지게 흉내 내는데
혀끝에서는 그럴듯하게 맴도는데
입 밖으로 소리가 튀어나오는 순간
멜로디가 제멋대로 엉키고 맙니다.

내 안에는 멋진 성인군자가 있습니다.
예수도 있고
석가도 있고
공자도 있습니다.
생각 감정으로 충분히 그들을 이해했습니다.
그런데 생활 속에서는
예수가 미끄러지고
석가가 고꾸라지고
공자가 나자빠져 버리고 맙니다.

연습이 덜 됐나?

아하!

누렁이 1

누렁이 밥을 주면
물까치들이 모여듭니다.
바로 앞에 있는 등나무 덩굴 위에
떼로 몰려 누렁이 먹이를 노립니다.

누렁이는 물까치들이 귀찮습니다.
어떤 놈은 밥그릇 앞까지 다가와
낚아채듯 한 덩이씩 물고 날아가네요.
그런 물까치들이 짜증스럽습니다.
누렁이는 밥을 먹는 척하다가
잽싸게, 기웃거리던 물까치를
덮쳐보곤 하지만,
여간만해서 잡히질 않습니다.

그러다가 가끔 잡히는 놈들이 생겼습니다.

시간이 지나자
누렁이는 요령이 생겨
물까치를 낚아채는 횟수가 늘어났습니다.

어느 날부터
물까치들이 보이지 않고…

늙은 누렁이는
밥을 주어도 주변을 두리번거리며
등나무 덩굴만 올려다봅니다.

텅 빈 덩굴 위가 쓸쓸하네요.
식욕을 잃고
맛있는 먹이를 주어도 시큰둥한 누렁이.
어떤 날은, 문 앞에 턱을 받치고 엎드려
그득한 먹이통을 외면한 채
등나무 덩굴을 바라보다 그냥 잠이 듭니다.

어느 날,
오랜만에 물까치 한 마리가 다시 날아왔습니다.

누렁이가 눈빛을 반짝이며 꼬리를 흔듭니다.
기웃거리던 물까치가 먹이통에 날아와도
바라만 보고 있습니다.

다음날부터 물까치 수가 늘더니
며칠 후 예전처럼 떼거리로 모여들었습니다.

누렁이는 문 앞에 턱을 괸 채 엎드려
먹이통에서 부산한 물까치들을 바라보며
꼬리만 흔듭니다.

물까치들이 먹이를 다 먹고
날아간 후에야
누렁이는 빈 그릇을 핥고 있네요.

그 후
누렁이 밥을 두 번씩 주어야 했습니다.

누렁이 2

15년을 같이 산 누렁이가 잠을 잡니다.
며칠째 잠만 잡니다.

웅크린 늙은 등이
솜털 같은 털로 부풀어 있네요.
털갈이를 하나 봅니다.

빗겨 내린 가을 햇살이
등 위에서 슬프도록 눈부십니다.

건듯
바람이 불어 털자락들이 날아오릅니다.
민들레씨처럼 날아오릅니다.

누렁이가
하얗게 날아오릅니다.
깊은 잠 너머로 하얗게 날아오릅니다.

세상이 낯설어지는 날

문득
친숙했던 모든 것들이 낯설어지는 날이 있습니다.
매일 부르던 이름도 낯설어지고
매일 보는 얼굴들도 낯설어지고
거울에 비친 내 모습도 생경합니다.
그런 날은
말하는 단어 하나하나가 모두 낯설어져서
홀로 이방인이 되어갑니다.

그렇게 온통 세상이 낯설어지는 날
몸살 앓듯이 웅크리고
모든 감각과 감정의 촉수들을 끌어들여
숨죽이고 있다 보면
그 낯섦들이 새로운 모습으로 다가와
눈감은 의식의 문을 노크합니다.

떠나는 연습

떠나야 한다.
있는 곳으로부터 떠나야 하고
사랑하는 것들로부터 떠나야 한다.

보이는 것으로부터 떠나야 하고
들리는 것으로부터 떠나야 하고
그윽한 향기로부터 떠나야 하고
달콤함으로부터 떠나야 하고
포근함으로부터 떠나야 하고
그리하여
모든 생각 분별로부터 떠나
대자유의 문을 열어 시원의 끝자락을 향해
발을 딛어야 한다.
그렇게 첫발을 내딛을 때
떠남은 어디인가를 향하는 것이 아니라
여기 있는 그대로 머물러 떠남의 자리가
둥지 틀고 있음을 알 수 있는 것이리라.

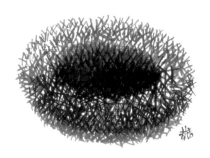

구도자가 되건 방랑자가 되건
떠남이 없는 자리에선 어디에 있는지도 모르니
가야할 곳도 알 수 없고
머물러야 할 곳도 찾을 수가 없다.

깊은 호수 가운데를 향해 조약돌을 던지듯이
그냥 맨몸을 우주의 허공으로 던져
우주의 동심원 가운데서

아득히 멀어지는 지구를 바라보며
무한 속에서 유한의 실체가 오롯이 보이리니
떠남의 둥지를 틀고
그렇게 매일
떠나야 한다.

낚시

眼,
耳,
鼻,
舌,
身,
안,
이,
비,
설,
신,
다섯 개의 촉수를
삶의 바다에 드리워 놓는다.
무심히 드리워 놓는다.
미끼를 무는 건,
나도 모르는 사이에
스스로 풀어놓은
욕망이란 물고기.

거미줄 1

거미줄에 맺힌
아침 이슬
들여다보다
마주친 눈동자.

눈동자 안에
삼라만상이 들어 있네.

그렇게
빛나다가 사위어가네.
삼라만상이 사위어가네.

그래도
거미줄에 걸려 있는
눈동자.

거미줄 2

거미줄에
나비 한 마리 걸렸다.

날개를 활짝 편 채 날갯짓을 해보지만
어림없는 몸짓이다.

모르고 걸렸겠지만
억울하기 짝이 없다.

하늘인 줄 알고 날았는데,
하늘인 줄 알고 날았는데….

비망록

생각날 때마다 적어 놓았다.
졸다가도 문득 적어 놓았다.
어울려 술 한잔하다가
휴지 조각에도 적어 놓았다.

그렇게 적어 놓은 쪽지들이
일상의 구석구석에 꽂혀 있다.
삶의 소중한 편린들이기에
잊기 싫어 꽂아 두었던 것인데
세월이 흘러 이제 방 안 가득
버섯처럼 돋아나 있다.

무엇으로 연유하여
기억들을 씨알처럼 갈무리해 왔다가
이렇게 피어나게 했을까?

적어는 놓았지만 잊혀진 것들이
스멀스멀 기어나오는 건
이제
그 기억의 조각들을
펼쳐봐야 할 때가 되었나 보다.

초보 농부의 유기농

오염 안 된 건강한 먹거리를 먹겠다고
화학 비료 안 쓰고 농약 안 치고 백 프로 유기농 농사
를 지었습니다.
녹비 거름으로, 자운영을 키워 갈아엎어 논갈이를 하
고 잡초를 없애려고, 새끼 우렁이 두어 되 뿌려 우렁이
농법도 하고 그래도 자라오르는 잡초를 뽑으려고 여름
내내 땡볕에 이마가 벗겨지도록
피사리를 했습니다.

그해 여름 날씨도 좋아 일조량도 많고,
태풍도 없어 모처럼의 풍년이라고
물결처럼 넘실대는 들녘 풍경이 초보 농부의
마음을 설레게 했는데, 동네 농사꾼 몇 명이 백 프
로 유기농을 뽐내는 나의 논두렁에 서서 이상한 웃음을
지으며 수근거립니다.

"거덜 났구먼."

"메뚜기 구경시켜준다고 허더먼, 오지게 도열병 걸렸네."

"반에 반타작은 허겠네 그려, 허허."

풀이 죽어 논두렁을 돌아 나오는데 베테랑 농사꾼 변영감이 혀를 차며 한마디 던집니다.

"괜헌 짓 허지 말고 남덜 허는 대로 살어. 잉?"

뭐가 잘못됐지?

곡괭이질 1

굴을 뚫고 있는데
온종일 곡괭이질을 하다 보니
어느 순간,
기도가 되어 일체가 숨을 쉽니다.

나무아미타불 쿵!
나무아미타불 쿵!

심연의 깊은 우물에서
물을 길어 올리는 소리입니다.
삼라만상이 비춰져 있는 근원의 샘물을
퍼 올리는 소리입니다.

그 물을 길어
그 물을 마십니다.

조금씩 조금씩
굴이 깊어지면서
앙금처럼 가라앉아 있던 의식들이
눈을 뜨고,

眼, 耳, 鼻, 舌, 身.
안, 이, 비, 설, 신.

다섯 개의 두레박에 담겨
길어 올려집니다.

나무아미타불 쿵!
나무아미타불 쿵!

새로 돋아난
오감의 촉수가
일체를 더듬어갑니다.

곡괭이질 2

파다 보면
파다 보면
낯선 시간을 만납니다.

수백 년 수천 년
잠들어 있다가
느닷없는 곡괭이 소리에
시간이 깨어납니다.
있는지조차 몰랐던
씨알들의 움트는 소리가 들립니다.
억겁의 시간이
찰나 속에 드러납니다.

쿵!
쿵!

곡괭이 날 끝에서
억겁이 찰나가 되고
찰나가 억겁이 됩니다.

나무아미타불 쿵!

곡괭이질 3

십 년이 지나 굴이 뚫렸습니다.
첫 몸짓이 마지막 몸짓이 되기까지
긴 호흡이었지만
한 번의 숨결이었습니다.

저 깊은 아뢰야식*의 한 가닥이
의식의 촉수가 되어
더듬는 대로 따라가
곡괭이와 더불어 벌인 몸짓이
마지막 몸짓이 됐을 때
찬란한 빛살이 쏟아져 들어왔습니다.

어둠을 더듬던 의식은
쏟아지는 빛살 속에서
한동안 절대 어둠 속에 빠지며
멈춰 있어야 했습니다.

어둠이 익어 다시 빛으로 돌아왔을 때
비로소
어둠과 빛이 본래 하나임을 온몸으로 느끼며
곡괭이를 처음 있던 자리로 되돌려 놓았습니다.

곡괭이질은 끝났습니다.

어떤 곳을 향해 간다는 것은
궁극적으로 그곳이 어딘가에 있는 것이 아니라

있는 자리에 이미
다 갖추어져 있음을 깨닫는 일이었습니다.

---

* **아뢰야식阿賴耶識.** 불교적 용어로 무의식의 바다를 표현. 모든 종자(種子)
를 갖춘 가능성의 마음 바탕자리. 궁극적인 근원으로서의 마음자리.

반가사유상을 만들며

내가 파는 굴 끝자리에 놓기 위해
반가사유상을 만든다.
바위에 걸터 앉아
한쪽 다리를 끌어올려 무릎 위에 얹고
한 손은 올려놓은 발을 잡고
오른손은 턱에 살짝 대고 있다.

上求菩提 下化衆生
상구보리 하화중생

위로는 깨달음을 구하고
아래로는 중생과 더불어 살아가며 중생을 제도하는
보살의 덕목을 상징하는 모습이다.
사람으로 산다는 것은
보살의 삶을 산다는 것과 다름 아니다.

악마성과 신성을 동시에 끌어안고 사는 존재가
사람이기에 우리는 언제나
사유하는 삶이 바탕으로 깔려 있어야 한다.
두 에너지가 어떻게 작용하고 있는지를
끊임없이 성찰하며 살아간다.

엉거주춤한 자세는
깊은 사유의 세계에 빠져 있다가도
바로 현실에로의 삶으로 연결되는
삶을 사는 모습이다.

나는 지금
흙을 주물러 그런 보살상을 만들고 있다.

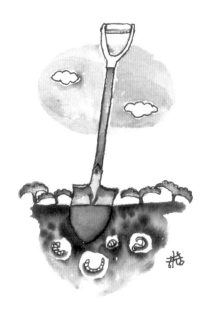

삽질

삽질을 합니다.
텃밭을 일구기 위해 삽질을 합니다.
상추 반 두렁 정도 심고,
쑥갓도 반 두렁 심고.

상추쌈을 싸서 먹는 점심 식사가
여름을 즐겁게 할 겁니다.

그러나
삽질 속에
반 토막 난 지렁이가 올라오고
머리 잘린 땅강아지가 버둥거립니다.

삽질을 한다는 건
누군가에게는 즐거운 점심 식사이고
누군가에게는 끔찍한 재앙입니다.

참새미 1

울 안에 샘이 하나 있습니다.
마을에 상수도가 들어오기 전
아랫마을 사람들도 이 샘을 길어다
먹었다고 하는데
이젠 아무도 이 샘을 길어가지 않네요.
이곳 여덟 채가 있던 웃말도
오래전 모두 도시로 떠나 빈 마을이 되었는데
내가 이곳에 살림터를 옮겼을 땐
이미 빈 집터만 남아 황량하기만 했습니다.

아무리 가뭄이 심해도 마르는 일이 없는 샘이라
진짜 샘이라는 뜻으로 참새미라는 이름이 예로부터
불려왔다고 하는데
이제 마을 사람들은 소독약 냄새 나는 수돗물이 좋다
고 참새미를 잊었습니다.
온전히 나만의 샘이 되어버린 참새미가 내게는
너무 벅차 누군가에게 마시게 하고 싶지만
외진 이곳 참새미 골을 찾는 이는 없습니다.

샘이 넘쳐 집 밖 연못도 채우고
두어 마지기 다랭이 논농사까지 짓는데
요즘 세상에 이런 샘이 어디 쉽게 찾을 수나 있을까?

십오 년 참새미 물을 마시면서 살아온 세월
이젠 골수까지 참새미가 되어 버린 몸으로
모처럼 나들이나 해볼거나.

참새미 2

샘 안에 몇 마리 물고기가 살고 있습니다.
주변에 물고기들이 서식할 조건이 없는데
도대체 이놈들은 어떻게 샘 안에 살게 되었을까?

십오 년 동안 참새미 물만 마신 탓인지
내 의식 안에는 어느 날부터
이름 모를 물고기 몇 마리가 살기 시작했습니다.
의식 어느 한 귀퉁이에 숨듯이 있다가는
일상을 지루하게 생각하며
세상일에 기웃거리기라도 할 양이면
어느 틈엔가 의식의 샘을 헤엄치며
은빛 비늘을
칼날처럼 번득입니다.

가장 맑은 물에만 산다는 은빛 물고기가
그렇게 몇 마리
내 의식의 샘 안에 살고 있습니다.

소금쟁이

물에서 살면서도
물 한 방울 묻히지 않는다.
물에 빠지는 일도 없다.
스케이트 선수가 달리듯
빙판 위 피겨 선수가 춤을 추듯
우아하게 수면 위를 누빈다.

소금쟁이는
물에서 살면서도
물 한 방울 묻히지 않는다.

소금쟁이처럼
삶 속에서 헤엄치는
그 사람.

올챙이

한바탕 소나기가 지나간 자리
도로 위에 생긴
작은 물웅덩이에
어디서 흘러왔는지
올챙이 몇 마리 갇혔다.

햇볕은 쨍쨍
물은 말라가고
몸부림치는 올챙이
뻐끔
뻐끔.

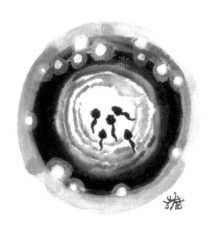

달리기

세상을 뒤로하고
세상은 세상대로 달리고
나는 나대로 달리는 줄 알았는데
내가 달리는 앞으로 세상이
어느새 추월을 하고
나는 또 그렇게
세상을 따라 달린다.

물구나무 서기

물구나무를 서면
주머니 속에 있던 것들이
중력에 의해 모두 쏟아져 내린다.
지갑이,
호두알이,
만년필이,
안주머니에 있던 메모 수첩까지.

일상 속에서
정신없이 부지런을 떨다가
문득
그런 내 모습이 보이는 날
나는 그 하루를 멋쩍어하며
슬며시 골방으로 들어가
물구나무를 선다.

와르르 쏟아지는
오감(五感)의 찌꺼기들.

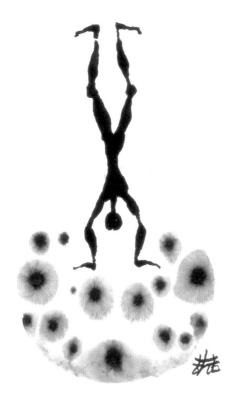

턱수염

머리카락이 자꾸 빠진다.
유전적 요인도 있겠지만
나이가 들어가면서 윗머리는 거의 대머리가 되었다.
무심코 손이 머리로 올라갈 때마다 손에 잡히는 것이
없으니
무언가 잃은 것이 있는 것 같아 허전한 기분이다.

상실감을 조금이나마 메꿔 보려고 수염을 기르기로
했다.
그런데 숱이 많지 않아
영 모양이 나질 않는다.
턱을 쓰다듬으며
더부룩한 턱수염을 손바닥으로 느끼고 싶었지만
숱이 적은 수염이 만족감을 주지 못한다.

그래도 없는 것보다는 낫다는 생각에
계속 수염을 길렀다.

이젠 습관이 되어
무료할 때마다 쓰다듬고,
기분 좋을 때도 쓰다듬고,
어색한 몸짓을 할 때도 쓰다듬는다.

숱이 적어 모양이 그럴듯하지는 않지만

늙어 가는 삶을
그나마 쓰다듬게 하는 턱수염이다.

하늘 보기

마을 할머니들 모두 허리가 굽었다.
평생 땅만 보고 살아온 사람들.
신새벽부터 밭일, 논일, 들일,
온종일 땅에 묻혀 사느라
하늘 볼 시간이 없다.

하늘을 봐야할 나이가 되었는데
어쩔 수 없이 땅만 보고 산다.

해가 저물어 잠자리에 들어도
굽은 등 때문에
옆으로 누워 천장마저 볼 수가 없다.
꿈속에서조차
하늘 보는 연습을 할 수가 없다.

마을 할머니들 모두
하늘을 봐야 하는데
굽은 등 때문에 하늘을 볼 수가 없다.

어쩌면
하늘이 있는지조차 모르는 것이 아닐까?

피는 꽃 바라보기

꽃은 피는데
피고 있는 꽃은 보이지 않네요.
하루 종일 들여다보고 있어도
꽃이 피는 것을
볼 수가 없습니다.

내 눈이
피고 있는 꽃을 보지 못했는데
꽃은 어느새 피어있습니다.

세상 사람들 모두가
피는 꽃을 보지 못하는 눈을 가지고
세상을 바라보며
오늘도 그렇게 살아갑니다.

도리깨질

새벽녘에 일어나 앉아
발끝에 밀려있는 이불을 멍석 삼아 지난 시간들을 깔
아 봅니다.

아슴아슴 제대로 보이는 것들이 없습니다.
잘못을 털어 내고 싶지도 않고
특별한 추억들을 기억해 내고 싶어서도 아닙니다.
지나간 시간 속에서 그래도 소중한 것들이 잊혀져 있
지 않나 싶어서일 겁니다.
어쩌면
이제 이 나이쯤에서 그동안의 인생살이 한 번쯤 털어
보고 싶기도 하고.
그래서 생각의 도리깨질을 해봅니다.

그렇게 도리깨질을 해봅니다.
내가 일궈 온 삶의 텃밭에서
잘 영글은 콩깍지에서 튀어나오듯 윤기 있는 알맹이가 나올 리야 없지만
튀어나오는 것들이 온통 날것으로 남아있는 것들뿐입니다.
날것인 채 말라버린 시간들뿐입니다.

그렁저렁 살아온 삶에 특별할 것들이 없는 것을 알면서도
그래도 무언가 튀어나올 것이 있을 것 같아
새벽잠을 밀어내고 온몸으로 도리깨질을 해봅니다.

하늘의 칼

가부좌를 틀고 앉아 있으면
시퍼렇게 날이 선 칼날이 하늘로부터 내려와
머릿골에 내리꽂힌다.
몸 전체를 관통하고 방바닥까지 내리 꽂혀
꼼짝할 수가 없다.
육신은 아직 준비가 되어 있지 않은데
느닷없이 내리꽂히는 칼날의 의미를 몰라
가부좌를 풀려고 하지만 움직일 수가 없다.

　내리꽂히는 칼날이 두렵기도 하지만
　그 짜릿함을 즐기면서 칼날의 의미를 생각해 본다.
　두루뭉수리로 와닿는 것은 있지만
　아직 구체적인 메시지를 읽어 낼 수가 없다
　우주 의식의 연결 고리로 전할 것이 있어 내리 꽂혔을
것인데,
　나는 아직 하늘의 뜻을 받아들일 준비가 되어 있지 않다.

　가부좌를 튼 저 심연으로 뿌리를 내려
　내리 꽂힌 칼날의 끝을 감싸
　뽑아내려 안간힘을 써 보지만,
　칼날은 꿈적도 하지 않는다.

　가부좌를 틀고 앉으면
　그렇게 매일 하늘의 칼날이
　정수리로부터 내리꽂힌다.

빈 들에서

가을걷이가 끝난 빈 들 가운데에 앉아
하늘을 우러러 봅니다.

기우뚱 태양은 팔베개를 하고
들녘을 비스듬히 내려다보고 있는데
저만큼에서
각설이 모양을 한 사내가
석양을 배경으로 길게 그림자를 드리운 채
흠칫흠칫 춤도 아니고 무엇도 아닌 몸짓을 하며 다가
오고, 저만큼에선 다 헐어 버린 이념의 뭉치를
보따리보따리 둘러멘 깡마른 사내가 쩔뚝이며 다가오
고, 또 저만큼에선
성인들이며 철학자들로 된 책표지를 뜯어 한쪽 바퀴
빠진 수레에 가득 싣고 다가오고,
이쪽 저만큼에선
색색의 물감통을 주렁주렁 온몸에 귀걸이처럼 단
초췌한 사내가 슬금슬금 다가오고,
또 저만큼에선
짚단에 가려 잘 보이지 않는데
후줄근한 사내가 무언가를 어깨에 둘러메고 다가오고
있습니다.

가을걷이가 끝난 을씨년스런 이 빈 들에 앉아

저만큼 사방에서 다가오고 있는 유령 같은 사내들을 바라보며 몸을 움츠립니다.

툴툴 털어 버리고 떠날 준비를 하는 그에게

이 빈 들녘의 가을은 뜻밖의 손님의 등장으로 부산스럽습니다.

지난 세월 스스로 초대한 손님들,

대접을 제대로 하지 못한 업보일 겁니다.

가운데

어떤 날
내가 앉으면 그 자리가 가운데가 됩니다.
앉는 순간 세상의 모든 것들은 뒤로 물러나
나를 바라보고 있습니다.
가운데가 된 나는 우주를 깔볼 수도 있고
공중 부양을 해 가운데를 없애 버릴 수도 있습니다.
그런데 어쩌다 앉은 이 자리에서
오늘 꼼짝을 할 수가 없습니다.
저만치 물러나 있던 것들이 슬금슬금 다가오고 있는데
가위에 눌린 듯 움직일 수가 없습니다.
오늘 꼼짝없이 가운데가 될 수밖에 없네요.

그렇게 가운데가 되어
무한한 우주 속 지구라는 작은 별 위에서
팔을 벌려 삼천 대천 세계를 안아봅니다.

그럭저럭 하루

그럭저럭
하루 끝자락
잠시 오감을 멈춘 수레에 걸터앉아
서산마루 타오르는 노을빛
바라봅니다.

짐짓

생각 한 자락 끌어올려
노을빛에 적셔 봅니다.

갑장

"갑장!"
아랫마을 동갑내기 김씨가 부르는 소리입니다.
언제나 얼큰히 취해 있는 김씨지만
나를 만나러 오는 날은 유난히 소리가 큽니다.

베트남 며느리 얘기,
장남이 선산 팔아먹은 얘기,
몇 년째 항암 치료하는 마누라 얘기,
발정난 개가 목줄을 끊고 집을 나간 얘기,
수매가가 낮아 이제 농사짓기도 힘들다는 얘기,
묻지도 않은 얘기 염불을 하듯 장광설을 늘어놓네요.

두서없이 늘어놓는 김씨의 말은
어눌한 발음에 사투리까지 심해서
대충 내용만 알아들을 정도입니다.
나와는 아무 상관없는 얘기들이지만,
끄덕이며 들어주다 졸고 있으면
어느새 김씨는 돌아가고
김씨가 앉아 있던 자리에 햇살만 눈부십니다.

졸음이 깬 나는
"갑장!"
하는 김씨의 목소리를
또 기다리고 있을 겁니다.

달

어떤 달은
떠올라
천강을 비추는데

비출 강 없이
떠오른 달

스스로 강이 되어
비추니

천강의 인연
부질없어라.

밥

밥이
숨이 되고
숨이
생각이 되고
생각이
세상이 되어

그렇게 세상이 움직인다네.

시방세계 속에서
세상의 온갖 숨소리 듣고 있으니
삼천 대천 세계*가
수레바퀴 되어
한바탕 돌아가는구나.

밥이
숨이 되고
숨이
생각이 되고
생각이
세상이 되어

그렇게 또 세상이 움직인다네.

---

* **삼천대천세계三千大千世界.** 무한한 우주에 대한 불교적 표현.
우주가 여러 차원의 세계로 이루어져 있다고 본다.

허공꽃

저만큼에 앉아 있는 내가 보인다.
저만큼에서 앉아 있는 내가 나를 돌아본다.
저만큼에 있는 나를 부르자,
내가 다가와 내게로 들어와서
둘이면서 하나가 된다.

눈을 감고 가부좌를 틀고 앉아
삼라만상이 허공꽃이라며 읊조리던 선사가
화장실이 가고 싶다며 자리에서 일어선다.

둘이면서 하나가 된 내가
허공꽃인 삼라만상의 가운데로 걸어간다.
허공꽃의 향기를 들이마시며 걸어간다.

허공꽃과 나비

그들은 노래하듯 읊조린다.

마음이 일어나면 세상이 일어나고
마음이 사라지면 세상도 사라진다네.
삼라만상은 마음이 피운 허공꽃인데
어찌 허공꽃을 쫓는 나비가 될 것인가.

나는 그들의 노래를 들으면서도
마음을 일으켜 일어난 세상을 향해
허공꽃을 피운다.
삼세의 시공 속에서 오온*의 수레를 굴리며
삼천 대천 세계에 가득 허공꽃을 피워내고
마음은 다시 나비가 되어 살아있음을 노래하며
온갖 허공꽃 속 날아다니며 춤을 춘다.

삼세를 넘나들며 춤을 춘다.
삼천 대천 세계를 휘돌아 춤을 춘다.
마음은 무엇으로 연유하여
드러나게 되었는가.
마음이 일어나는 바탕자리는 누가 깔아놓았는가.
삼천 대천 세계를 춤추는 나비는
바탕자리, 앉을자리 찾아 춤을 춘다.

---

* **오온五蘊.** 사람을 구성하는 다섯 가지(色, 受, 想, 行, 識) 요소. 윤회 생
존의 기반이 된다고 해서 오취온(五取蘊)이라고도 불린다.

이명(耳鳴)

섣달 엄동설한 속
내리는 함박눈을 바라보며
한여름의
매미 소리를 듣는다.
맴
맴
맴.

가을밤
베짱이 소리도 듣는다.
때로는
뚜르르르
귀뚜라미 소리도 들린다.
이 계절 속에서 들을 수 없는 소리를
내 귀는 듣고 있다.

칠십이 넘는 나이가 되니
신통이 열려
천이통이 생긴 것일까 ?

어떤 날은 무심히 앉아 있다 보면
뚝딱, 뚝딱
망치 소리.
쓱싹, 쓱싹
대패질 소리.
목수들의 부산스런 연장 소리가 들린다.
극락정토에서 내가 머물 집을 짓는 소리일 게다.

빗질을 하다가

아침에 일어나 거울 앞에서
헝크러진 머리를 빗다가
하얀 머리카락이 뒤엉킨 실오라기처럼
빗살에 끼어 있는 것을 들여다 봅니다.
빗살에 엉켜있는 흰 머리카락을 뜯어내
손바닥으로 비벼
콩알만 한 뭉치로 만들어 쓰레기통에 던지는데
쓰레기통에 들어가지 않고
모서리를 맞고 바닥에 떨어집니다.

화장실 쓰레기통 옆에 떨어져 있는 머리 뭉치가
하얀 작은 벌레처럼 꼬물거려 보입니다.
세월이 묻어 있는 벌레 같은 머리 뭉치를 물끄러미 바
라보다가
무엇에 놀라듯 몸서리를 칩니다.

살아온 날들 속에서 삶을 빗질하다가
껄끄럽게 걸렸던 일상들을 뭉뚱그려
기억의 저편으로 던져 놓았던 일들이
새삼 쓰레기통 밑에 던져져 있는 머리카락 뭉치처럼
비벼 던지듯 살아온 일상들이 보입니다.

소중하지 않은 일상들이 없는데
모두가 내가 살아온 일상들인데
어떤 일상들은 왜 그렇게
뽑힌 머리카락 뭉치 던져버리듯 했을까.

그렇게 경솔하게 던져진 인연들이
얼마나 마음 상해 있었을까.
얼마나 원망하고 있었을까.

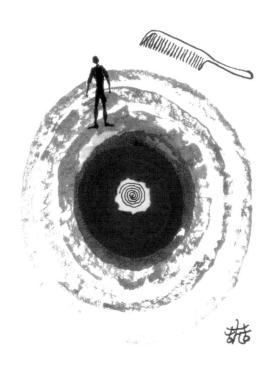

바람 부는 2월 어느 날

입춘은 한참 지났는데도
봄기운은
아직 저 멀리에 있는 것 같고
잿빛으로 무거운 하늘이 잔뜩 내려앉아
금세 함박눈이라도 쏟아부을 듯
부라리고 있고
바람마저 빈 들을 휘돌아
내 뜨락으로 몰아쳐
옷깃을 여미지 못한 목덜미를
시리게 하는구나.

오늘따라 이유 모를 울적함에
산책이나 하려 나섰으나
너무나도 버겁게 내려앉은 날씨에
선뜻 대문 밖을 나서지 못하고 돌아와
창가에 앉아 바람에 흔들리는 나목들의
빈 가지를 바라본다.

어디선가 날아와
빈 가지에 걸려있는
하얀 비닐 한 조각
깃발처럼 나부끼는데
투항하는 장수의 풀 죽은 깃발처럼
쓸쓸해 보이는 건
무슨 연유일까.

어느 날 문득

오랜만에 서재를 정리하다가
잊혀져 있던 노트 한 권이 눈에 띄어
무심히 넘겨보는데
중년의 시절 생각의 단상들을 메모처럼 적어 놓은 글
들 속에서
시선을 멈추게 하는 페이지가 있습니다.

"어느 날 문득 나는 칠십이 넘은 노인이 되어
노을 짙은 황혼을 바라보며
지나간 세월을 그리워하기도 하고
아쉬움의 긴 한숨을 쉬며 애달파 할지도 모른다.
나로 인해 상처받은 인연들
내게 상처를 준 인연들
용서하며
용서를 바라며
황혼의 하늘을 향해 회한의 눈물을
글썽일지도 모른다.
그런 어느 날의 늙은 나를 만나지 않기 위해
나는 오늘
오롯이 육신을 긴장시키며 정신을 추슬러 본다."

지금의 내 나이쯤을 생각하고 쓴 글인 것 같은데
그때의 내가 걱정하는 늙은이의 모습 그대로 되어 있
는 것 같아
중년의 나에게 미안한 생각이 들어
노트를 덮고 의자에 앉아 잠시 생각에 잠깁니다.

세월이 흐르면서 나름,
세상의 이치를 이해하고
지구라는 이 작은 별에 태어난 이유를 이해하고
순리에 따라 살려고 애를 쓰기는 했지만
에고라는 의식체의 욕망을 다루기가 어찌 만만하던가!

좀 더 향기로울 수 있었을 시간들을 외면한 어리석음
이여.
미안하다 나의 젊은 날이여.

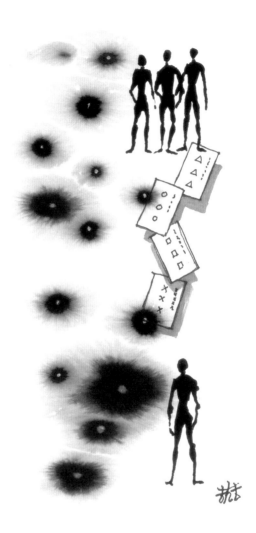

명함

오랜 세월
아웃사이더로 살아왔기에
명함을 가져야 할 일이 없었는데,
스스로 선택한 삶의 모양이기에
부끄러운 일은 아닌데,
어떤 만남 속에서
누군가가 자신의 명함을 내밀며
나의 명함을 요구할 때
항상 하는 나의 말이

"죄송합니다.
내세울 것 없이 살아서…."

라고 말을 흐리며 어물쩍 넘어가곤 했는데,
언젠가 누군가가
명함을 건네고 돌아서서
혼잣말로 빈정거리듯 하는 말이

"별걸 다 가지고 폼을 잡는군."

그 말이 못내 귓가에 맴돌아
곰곰이 생각해 보니
명함 없이 사는 것도 폼 잡고 사는 일이란 걸
뒤늦게 알았네요.

꽃

이즈음 내 나이의 얼굴에는
꽃이 피기 시작합니다.
세월이 한참 지나간 후에야 검게 피는 이 꽃을
저승꽃이라 부르지만
죽음이 두려운 이들이 지어낸
마뜩잖은 이름입니다.

내가 빌려 쓴 육신이 때가 되어 변한 것이고
내가 빌려 쓴 육신을 써먹은 만큼 닳아진 것이기에
늙어가는 육신을 서러워할 일은 아니겠지요.

검다는 것은 시작을 의미하고
검은색은 모든 색을 품고 있는 색이고
가장 화려하지만 그 화려함을
겸손으로 감추고 있을 뿐.

모든 색의 뿌리인 빨강 노랑 파랑을 합치면
검은색이 됩니다.

우주는 왜 검을까요.
아무것도 없다는 것을 왜 검게 표현할까요.
왜 상복을 검은색으로 선택했을까요.

죽음은 끝남이 아니라
다시 모든 색을 끌어낼 수 있는 새로운 시작으로 가는
과정이기에

모든 색을 품고있는
검은색으로 표현하는 것이겠지요.

거울을 보니 작고 예쁜 검은 꽃 한 송이 더 피어있네요.

맹구우목(盲龜遇木)

무한의 우주 속
지구라는 작은 별에서
태어났습니다.

나라는 에고가 형성되어
지금
여기
무한의 우주를 끌어안고
생각에 잠깁니다.

생각의 바다 위에
연꽃 한 송이 피어올랐습니다.

---

* **맹구우목盲龜遇木.** 눈 먼 거북이가 바다에 떠다니는 나무 판자를
만나기 만큼 힘든 인연을 비유한 말. 불법(佛法)을 만나기가 힘들
다는 비유로 쓰이는 말.

강대철의 선시집
『어느 날 문득』

송기원 시인·소설가

선불교(禪佛敎) 선사들의 높은 깨달음이며 그 선정(禪定)이 흘러넘쳐 선시(禪詩)로까지 이어지는 경우, 보는 눈만이 아니라 육근(六根)까지도 가득히 아름다운 향기에 휘감기고 만다. 그런 향기에 이르면 부처님의 열반마저 먼 곳에 있지 않다. 바로 여기서 몸과 마음이 넘친다.

아아, 이런 지복이라니! 강대철 작가의 선시집『어느 날 문득』을 보는 순간 나는 향기에 휘감겨 시공간을 건너뛴 선세상(禪世上)으로 들어서고 말았다. 어디 난해하거나 신비롭거나 탈속마저 하나 없이, 그이는 가장 쉽고 소박한 세속의 언어로 나를 선세상으로 끌어간 것이다.

나는 그이를 이 시대에 가장 수승하고 순정한 구도자 중 한 사람이라고 생각한다. 그는 펄쩍 뛰면서 부정할 것이다. 시라는 말도 붙이지 못하고 '어느 아웃사이더의 비망록'이라고 낮추는 것을 내가 선시라고 불렀을 때도 마찬가지였다. 그이의 선시는 물경 15년을 아무도 모르는 전라도 바다 가까운 산기슭에 홀로 숨어들어 애오라지 삽과 곡괭이와 손수레만으로 백수십 미터에 이르는 굴을 파면서 부처님들이며 보살상들을 모시는 가운데서 나온 피땀이 아닌가.

　세상에 이런 선시며 순정한 구도자를 우리가 어디서 쉽게 만날 수 있으랴.

강대철의 시에 대하여

이달회 시인

　오랜 친구인 조각가 강대철이 시 원고 뭉치를 내게 보내며 시집을 묶어도 될 만한지 읽어 보라고 했다. 시집이라니, 처음에는 좀 뜻밖이었다.

　뜻밖이라고 한 것은, 6, 7년 전부터 오로지 혼자서 곡괭이와 삽으로 자기 집 뒷산 자락에다 굴을 깊이 파 들어 가고 있다는 것, 그것도 누가 보면 깜짝 놀랄 만한 규모의 굴이고, 그 굴속 벽에다 조각까지 하고 있다는 사실을 알고 있었기 때문이다. 그런 그가 언제 또 이렇게 시를 써서 시집을 내겠다는 것인가. 일찍이 장편 소설을 두 권이나 써냈고 매력적인 수필집을 낸 것도 잘 알고 있지만, 시집은 또 다르지 않은가.

　그런데 원고를 보기 시작하자마자 단숨에 읽고 말았다. 평이하게 쓰기도 했지만, 내게는 그동안 궁금했던 친구의 속마음이 토로된 편지 사연처럼 읽혔기 때문이다. 누가 시란 그렇게 읽는 것이 아니라 한다 해도, 내게는 그렇게 읽힌 것을 어쩌겠는가. 시 속에는 그가 걸어온 삶의 발자국 소리며 숨소리까지 들리는 듯했고, 오랫동안 자기 가슴속에 맺혀 있던 화두(話頭)를 푼 듯이 활짝 열린 표현들이 내 마음에 와닿았다. 그리고 그가 왜 시를 쓸 수밖에 없었는지를 이해하게 된 것이 무엇보다 반가운 일이었다. 글을 꾸밈없이 진실하게 썼으니 이런 공명이 일어났으리라. 쉽게 읽었지만 여운은 오래 남았다.

그는 아침부터 종일토록 토굴을 파면서도 지치지 않았다. 밤에는 또 곡괭이를 움켜잡았던 바로 그 손으로, 그 여운이 남은 채로 목마름을 적셔 주던 몇 방울의 물을 기억하듯이 여기저기 메모를 끄적거려 두었다. 때로는 거기에 살을 붙이고 다시 시로 다듬었을 모습이 눈에 선하게 그려졌다.

굴을 뚫고 있는데
온종일 곡괭이질을 하다 보니
어느 순간,
기도가 되어 일체가 숨을 쉽니다.

나무아미타불 쿵!
나무아미타불 쿵!

심연의 깊은 우물에서
물을 길어 올리는 소리입니다.
삼라만상이 비쳐져 있는 근원의 샘물을
퍼 올리는 소리입니다.

그 물을 길어
그 물을 마십니다.
―「곡괭이질 1」 전반부

그는 아직도 목마르다. 그래, 여전히 목말라 하는구나! 목마른 자가 우물을 파는 것이지만, 나이 일흔을 넘기고 중반에 든 지금도 이런 일이 가능할 만큼 그는 남다른 집념과 에너지를 갖고 있는 사람이다. 자신의 온몸으로 저 심연에 가닿으려는 끊임없는 굴착행위는 계속되고, 근원의 샘물을 찾으려는 의지는 그치지 않고 있다. 나(나무아미타불!)와 근원(쿵!)은 끊임없이 공명하며 한 호흡이 되고, 그리하여 존재의 리듬을 타고 있다. 그 리듬 속에서 억겁이 찰나가 되고 찰나는 억겁이 되기도 하는 것이다.

> 수백 년 수천 년
> 잠들어 있다가
> 느닷없는 곡괭이 소리에
> 시간이 깨어난다.
> 있는지조차 몰랐던
> 씨알들의 움트는 소리가 들립니다.
> 억겁의 시간이
> 찰나 속에 드러납니다.
> ─「곡괭이질 2」일부분

늘 나를 놀라게 하며, 자신의 세계를 쉼 없이 새롭게 개척해 가는 이 조각가가 실제로 적지 않게 글쓰기를 계속해 왔다는 사실을 아는 이는 거의 없다. 하기야 지금은 예술 장르로서 조각이란 경계도 이미 모호해져서 '조각'이란 용어를 부각시킬 필요도 없지만, 굳이 말하자면 한 사람의 조각가로서 작품 활동과 글쓰기란 강대철의 예술 세계를 이루어온 두 축이라고 할 수 있다. 그 점에 대해서 조금 부연해 두는 게 좋을 것 같다.

강대철은 이미 미술대학 재학 시절인 1970년대 초에 소설로 그 대학의 문학상을 받는 등 문학적 재능을 드러냈다. 이어서 청년 조각가로서 주목을 받고 있던 30대 중반에도 『끌』(1982)이라는 장편소설을 발표하며 조각과 글쓰기를 병행해 왔다. 그러다가 점차 조각 작업에 치중하게 된다. 우리나라 조각 미술의 대중화 시대라 할 만한 70년대 후반에서 80년대를 거치며, 그는 한국 미술계에서 가장 주목받은 조각가의 한 사람이 되었다. 이 시기에 기억되는 것 중에는 〈K농장의 호박들〉(1982)이란 비교적 큰 규모의 테라코타 작품전이 있었는데, 당시의 시대상을 표현한 사회 역사적 주제를 다룬 작품들로 크게 주목받았던 적이 있었다. 그렇지만 그런 방향이 그의 주된 관심은 아니었던 것 같고, 보다 본질적인 생명 또는 존재 탐구 쪽을 지향하고 있었다.

그의 미술계 데뷔작이라 할 만한 〈중앙미술대전〉 제1회의 대상 수상작인 「생명질(生命質)」(1978)에서 보듯, 추상적 조형 작업을 바탕으로 생명의 본질이나 존재 의미에 대한 탐구가 그의 창작활동의 맨 앞머리에 놓여 있으며, 내내 이런 주제가 변주되었다. 그리고 그것이 동시에 그의 글쓰기의 주제였다고 생각한다.

그가 40대에 접어들면서부터 명상, 선(禪)수행이나 불교 등의 다양한 종교 경전 공부에 몰두하기 시작했는데, 창작 활동에 큰 영향을 준 것 같다. 자신의 조각 작업에 대한 근본적인 회의와 갈등이 고조되면서 서서히 조각 활동을 중단하기에 이른다. 그즈음에도 장편소설 『그대 몸짓 속의 그대』(1994)와 에세이집 『세상의 그리운 것들』(1995)을 펴내는 등 글쓰기를 이어간다. 장편소설은

특별히 구도소설이란 부제를 달 만큼 자신의 수행 과정을 토대로 소설화한 흥미로운 작품이며, 수필집은 오래도록 자연과 친숙하게 살아왔던 한 예술가의 개성적인 안목과 사유가 담긴 에세이들이다.

15년 전쯤인가, 그에게는 큰 변화가 있었다. 태어나고부터 거의 떠나본 적이 없는 고향 이천(利川)을 완전히 벗어나 삶의 터전을 옮긴 것이다. 연고도 없는 남쪽 바닷가의 장흥(長興)으로 내려갔는데, 그곳 사자산 아래 외따로 터를 잡는다. 자급자족할 정도의 농사를 짓기도 하며 그야말로 조용히 은거해 살고 있는 듯했다. 작업장도 없었으니 조각가로서 모든 걸 내려놓은 셈이다.

그렇게 한동안 살았는데, 6, 7년 전부터 굴을 파고 있다는 사실을 알게 되었다. 자기 집 경내의 산자락 아래 우연히 땅을 파다가 특별한 토층을 발견하고는 이를 파고 들어가며 굴이 만들어지기 시작한 것이다. 아직 공개되지 않고 있지만, 그 규모나 작업량이 혼자서 했다고는 믿어지지 않는 대규모임에 틀림없다. 그것이 우연히 시작됐다고 하지만 그에게는 필연적인 작업임을 나는 알고 있다. 거기 새기는 조각 작업까지를 여기서 보여줄 수 없지만, 그가 오래 추구해왔던 예술과 종교의 세계가 저 깊은 지층 속에서 아름답게 조화를 이루며 화해하는 광경을 보여주고 있다는 것. 그것은 하나의 경이라고 해야겠다.

그런 예술적 조화 또는 정신적 화해(和諧)의 세계는 어디서 온 것일까. 이 조각가의 자연(존재)과의 깊은 교감으로부터 왔을 것이다. 자연은 사람도 그들의 생각도, 그 어떤 모순도 모두 포용한다. 모든 감각을 열고 온몸으로 자연과 부딪치며 받아들이며 하나가 되어가는 그 순수한 투신이 있었기에 가능했을 것이다. 그의 장흥 시절에 해당하는 지난 15년이 모두 여기에 집중되어 있다.

> — 때로는 저수지 둑길을 걷다가 그만 돌부리에 걸려 넘어져, 코앞의 무심한 개구리와 눈이 마주치기도 하고,「돌부리」
> — 발끝에 걸린 조약돌 하나에 잠시 멈춰 귀 기울이기도 하고, 「산책길」
> — 벌레가 파먹은 배추 줄기의 그물망 같은 구멍 속으로 푸른 하늘을 비춰보기도 하며, 그것 그대로의 참다운 아름다움을 느끼기도 한다.「벌레 먹은 자리」
> — 시력이 흐려지니, 고운 사람도 미운 사람도 없어지고, 마음의 눈이 뜨여지는 것에 감사해 하고,「시력」
> — 자신의 이명(耳鳴) 속에서 엄동설한의 함박눈을 바라보며 매미 소리를 듣기도 하고, 귀뚜라미 소리를 듣기도 했다. 어떤 날은 대패질 소리, 목수들의 부산스런 연장들 소리가 들려오면 "극락정토에서 내가 머물 집을 짓는 소리일 게다" 라고 한다.「이명」

이런 나날의 삶 속에서 그의 시심은 잉태되고, 한평생을 추구해온 먼 길을 돌이켜 보며 어떤 깨달음에 이른다. 그리하여 무심하게도 곡괭이질은 시작되었는데 뜻밖에도 시가 따라온 것이다.

7년이란 세월을 거치며 다음에 다다랐다.

곡괭이질은 끝났습니다.

어떤 곳을 향해 간다는 것은
궁극적으로 그곳이 어딘가에 있는 것이 아니라

있는 자리에 이미
다 갖추어 있음을 깨닫는 일이었습니다.
—「곡괭이질 3」끝부분

　너무 직설적인 표현들이 시로서는 좀 어떨까 하지만, 그에게
시작이란 저 곡괭이질과 다름없이 단순 명쾌하기 때문이다. 흙벽
을 더듬어가며 득의의 형상을 새겨나가는 그 감각적 집중의 조각
행위와 다를 바 없기 때문이다.

　모든 진실한 것은 늘 단순하다. 깨달음의 표현은 더욱 단순할
수밖에 없다. 거기에 무슨 장식이 들어갈 자리란 없기에. 그래서
그의 시 쓰기의 곡괭이질도 거기쯤에서 멈추고 있다. 더 가면 복
잡해지질 않는가. 그다운 일이다.

　시를 쓴다는 얘기를 한 번도 들어본 적이 없는데, 시를 보면 연
륜이 오랜 시인의 시 같기도 하다. 조각을 해온 나이만큼 시의 나
이도 들어 보이는 것일까. 시 작품들은 평이하나, 작자의 삶과 생
각이 소박하고 직절하게 잘 표현돼 있다. 자연에 주목한 시, 즉물
적인 시, 구도적인 시들로 나눠볼 수도 있으리라. 그 속에서 자연
과 예술이 그리고 종교가 한 차원 높이 화해하고 있는 지혜의 시,
깨달음의 시라고 해도 좋으리라. 조각가가 쓴 시집이란 한국 문단
에서 좀 예외적이기도 하다. 이런 예외적 시집을 우리는 하나 가
지게 되었다. 그것은 강대철에게, 조각과 문학이 같은 뿌리였기에
가능했고, 그의 조각이 시를 필요로 했던 결과가 아닐까 한다.

인타 시집에 부치는 글

이인수 향토사학자

인타*는 나의 가장 가깝고 오랜 벗이다. 젊은 시절부터 희수를 눈앞에 둔 오늘에 이르기까지 묵은 장맛 같은 은은한 정을 나누어 온 친구로서, 그리고 마음 수행의 길을 함께 걸어온 도반으로서 서로를 아끼고 응원해온 사이다. 우리 둘만 그런 게 아니라 젊은 시절 선친들도 친구였고, 아들들끼리도 친구여서 조손 삼대가 대물려가면서 친구 사이인 예사롭지 않은 인연인 것이다.

얼마 전 인타에게서 안부 전화를 받았다. 금년 말이면 그동안 심혈을 기울여 제작해온 토굴을 일단 마무리 지을 생각인데, 이 일을 정리하는 의미에서 책을 펴내기로 했다고 한다. 그리고는 책에 수록할 원고를 메일로 보냈으니 한번 읽어보라는 것이다. 메일을 열어 보니 그동안 틈틈이 써 모은 자작시들과 함께 토굴을 만들게 된 그간의 과정을 알기 쉽게 설명하는 글이 들어 있었다.

인타와 나는 고교 시절인 십 대 후반에 처음 만나서 친구가 된

---

* **인타.** 강대철의 어릴 때 별명.

사이다. 가진 것이라고는 푸릇푸릇한 젊음뿐인 가난했던 시절이다. 당시 나는 시인을 꿈꾸던 문필가 지망생이었고, 인타는 그림을 썩 잘 그렸던 화가 지망생이었는데 문학 쪽에도 관심을 갖고 있어서 시를 쓰기도 했다. 우리는 문학을 좋아한다는 공통된 관심사로 금방 뜻이 서로 통하는 친구가 되었고 거의 매일처럼 붙어 다녔다.

만난 지 얼마 되지 않아 우리 두 사람은 의기투합하여 고향에서 〈2인 시화전〉을 열기로 했다. 물론 시화를 그리는 일은 모두 인타의 몫이었다. 가난한 처지다 보니 번듯한 액자를 장만할 생각은 꿈도 꾸지 못하고, 시화를 그린 종이를 그냥 벽에다 붙이기로 했다. 고향 읍내 다방에서 열린 두 사람의 시화전은 제법 사람들의 관심을 끌었던 기억이 있다. 손바닥만 한 읍내에서는 그때까지 단 한 번도 열린 적이 없었던 첫 번째 시화전이었기 때문이다.

시를 읽으면서 옛날 기억 속에 잠기다 보니 그동안 참으로 오랜 동안 시를 잊고 살아왔구나 하는 탄식과 함께, 아직도 녹슬지 않은 시적 감성을 지닌 친구가 몹시 부럽게 느껴졌다. 이 나이에 진솔한 시를 쓰는 것은 아무나 쉽게 흉내 낼 수 있는 일이 아니다. 그만큼 세상의 때가 묻지 않은 순수한 마음을 잃지 않고 살았다는 뜻 아니겠는가. 인타의 시를 읽다 보면 그가 요즈음 살아가는 여러 모습들이 눈에 보이는 것 같다.

젊은 시절 권위 있는 미술대전에 입상하면서 조형 작가로 이름을 알린 인타는, 고향 이천 시골에 집과 작업실을 마련하였고 왕성한 작품 활동을 통해 뛰어난 역량을 인정받는다. 그러다가 사십대 초반 한 선지식과의 만남을 계기로 수행자의 길을 걷게 된 인타는 어느 날 갑자기 인생에 커다란 전환점이 될 중대한 결정을

하게 된다. 그동안 고향에 벌여놓았던 일들을 미련 없이 정리하고 아무런 연고도 없는 멀고 먼 남도 끝자락 조용한 시골구석으로 삶의 터전을 옮긴 것이다. 유명 작가로서의 영예로운 삶과 세상과의 얽힌 인연들을 미련 없이 뒤로하고서 말이다. 주변 사람들은 대부분 그의 결정을 의아하게 여겼지만 나는 친구의 마음을 잘 알 수 있었다. '남은 삶의 시간을 온전히 구도자적인 삶을 살고 싶다는 평소의 바람을 실천하기 위해' 심사숙고 끝에 내린 결정이었던 것이다.

전라남도 장흥군 안양면 사자산 기슭에 자리 잡은 친구의 살림터는 동네에서 외따로 떨어진 숲 가운데 있어 하루 종일 사람 얼굴 보기 힘든 절간처럼 조용한 곳이다. 대숲을 스치는 바람과 이름 모를 산새 소리가 한가롭기만 한 이곳에서 인타는 십수 년째 세상을 등진 채 조용한 전원생활과 치열한 구도자의 생활을 함께 병행해오고 있다. 최근 수년 동안 인타의 생활 속에 가장 큰 비중을 차지하게 된 것은 토굴 파기다. 인타의 시에는 자연 속에서 유유자적 살아가고 있는 소소한 일상과 함께, 치열한 구도자적 삶의 모습이 잘 나타나 있다.

어느 화창한 초여름
모처럼 아침 산책에 나섭니다.

눈부신 햇살을 받으며
한껏 가슴을 제치고
삶은 살아갈 만한 것이라고
의기양양
저수지 둑길을 걷다가
그만

돌부리에 걸려 넘어지고 말았습니다.

에이 씨!
엎어져 화를 내면서
일어서려는데
바로 코앞에서
무심한 개구리 한 마리와
눈이 마주칩니다.

나는
그만 무안해서
개구리를 향해
헛웃음을 웃어봅니다.
―「돌부리」전문

거미줄에 맺힌
아침 이슬
들여다보다
마주한 눈동자.

눈동자 안에
삼라만상이 들어 있네.

그렇게
빛나다가 사위어가네.
삼라만상이 사위어가네.

그래도
거미줄에 걸려 있는
눈동자.
―「거미줄 1」전문

인타의 시에서는 삶에 대한 깊은 관조의 시선이 곳곳에서 느껴진다. 특히 늙음을 주제로 한 시편들이 눈길을 끄는 것은 늙는 것에 대한 동병상련의 마음 때문이라고 해야 할까? 늙어가면서 맥없이 빠지는 이빨이나 머리칼, 침침해지는 눈 같은 노화 현상들이, 인타에게는 늙음에 대한 아픔이나 체념 같은 것이 아니라 자신을 들여다보는 깊은 성찰로 이어진다. 오랜 기간 수행 과정을 통해 터득할 수 있었던 삶의 지혜라고 할 수 있다.

튼튼한 이를 가지고 있던 시절
많은 말들을 내보내면서
말들이 보이지 않았는데
빠진 이가 있던 잇몸으로
말이 새 나가니
이제야
말들이 보이기 시작합니다.
―「빠진 이」

형편없는 시력 덕분에
분별이 없어지니
또렷하게 보여지는 것들이 있습니다.
살아오면서 깊숙이 감춰져 외면하고 있었던 것들이
샘물 바닥처럼 보이기 시작한다.
오호!
마음의 눈이 뜨여지나 봅니다.
늙는다는 것은 또 다른 젊음인가 봅니다.
―「시력」

토굴은 최근 수년 동안 인타가 온몸을 바쳐 궁구해온 화두였다. 인타의 집 앞으로는 야트막한 언덕이 있다. 처음에 그는 언덕 한쪽을 파내서 작은 토굴을 만들고 그곳을 조용히 앉아 좌선 수행을 할 수 있는 수행처로 삼으려 했다고 한다. 그런데 토굴을 파다 보니 예기치 않게 조각하기에 좋은 점토층이 다량으로 모습을 드러냈다. 입자가 곱고 차진 점토층을 보는 순간 조형 작가로서 숨어 있던 욕망과 생각들이 꿈틀대기 시작했단다. 그렇게 억겁의 시간과의 새로운 만남을 통해 토굴 작업이 시작되었다. 그동안 온 힘을 기울여 흙을 파내고, 깎고 다듬어온 토굴이 일차 완성을 눈앞에 두고 있다. 초기 굴파기 작업부터 그간의 과정을 이따금씩 어깨너머로 지켜보았던 나로서는 특히 완성된 굴속 세계에 대한 기대가 남다를 수밖에 없다. 토굴은 그동안 인타가 줄기차게 추구해온 삶에 대한 물음과 해답을 조형 언어를 통해 형상화한 필생의 역작이요 노작이라고 할 수 있다.

인타의 토굴 작업은 본인도 인정했듯 탄광에서 작업하는 광부들에 버금가는 육체노동이 수반되는 아주 힘들고 고된 작업이다. 웬만하면 다른 사람의 도움을 빌릴 수도 있는 일이었지만 인타는 오로지 혼자의 힘과 노력만으로 6년에 걸친 이 힘든 작업을 계속해왔다. 늘 소심하고 게으른 나와는 달리 한번 마음먹은 일은 망설이지 않고 밀어붙이는 추진력을 지닌 그였기에 가능한 일이다. 인타가 오랜 시간 혼자서 토굴 작업을 해온 이유는 작업 자체를 수행의 방편으로 삼았기 때문이다. 토굴을 파는 행위 자체가 인타에게는 기도이자 염불이고 화두이며, 끝없는 수행의 과정이었던 것이다.

굴을 뚫고 있는데
온종일 곡괭이질을 하다 보니
어느 순간,
기도가 되어 일체가 숨을 쉽니다.

나무아미타불 쿵!
나무아미타불 쿵!

심연의 깊은 우물에서
물을 길어 올리는 소리입니다.
삼라만상이 비춰져 있는 근원의 샘물을
퍼 올리는 소리입니다.
　　　―「곡괭이질 1」

파다 보면
파다 보면
낯선 시간을 만납니다.

수백 년 수천 년
잠들어 있다가
느닷없는 곡괭이질 소리에
시간이 깨어납니다.
있는지 조차 몰랐던
씨알들의 움트는 소리가 들립니다.
억겁의 시간이
찰나 속에 드러납니다.
　　　―「곡괭이질 2」

　그렇게 기도하듯 파내고 다듬어온 토굴의 끝자락에서 그가 본
것은 무엇이었을까 궁금한 노릇이다. 마침내 굴이 뚫리고 곡괭이

를 내려놓게 된 순간을 살짝 들여다본다.

> 십 년이 지나 굴이 **뚫렸습니다.**
> 첫 몸짓이 마지막 몸짓이 되기까지
> 긴 호흡이었지만
> 한 번의 숨결이었습니다.
>
> 곡괭이질은 끝났습니다.
>
> 어떤 곳을 향해 간다는 것은
> 궁극적으로 그곳이 어딘가에 있는 것이 아니라
>
> 있는 자리에 이미
> 다 갖추어 있음을 깨닫는 일이었습니다.
> ─「곡괭이질 3」

어느 의사가 마음 수행을 위해 세상과의 인연을 끊고 깊은 산 속으로 들어간다.

오랜 정진 끝에 마침내 깨달음을 얻은 의사가 산을 내려오며 말했다.

"역시 나는 의사야!"

의사가 한 말의 참뜻을 우리같이 우매한 중생들은 알지 못한다.

물어보지는 않았지만 토굴을 끝내고 나서 친구는 이렇게 혼잣 말을 했을 것 같다.

"역시 나는 조각쟁이야!"

곡괭이질은 끝났다.

이제 세상을 향해 문을 활짝 열게 된 토굴이 친구가 염원한 대

로 '상구보리 하화중생'의 큰 뜻을 널리 펴나갈 수 있도록 부처님
의 가호를 빈다.

_불기(佛紀) 2565년 여름
이천(利川) 우거(寓居)에서

어느 날 문득

펴낸날   **초판 1쇄 2022년 4월 8일**

지은이   **강대철**
기획위원   **이달희**
펴낸이   **심만수**
펴낸곳   **(주)살림출판사**
출판등록   **1989년 11월 1일 제9-210호**

주소   **경기도 파주시 광인사길 30**
전화   **031-955-1350**   팩스 **031-624-1356**
홈페이지   http://www.sallimbooks.com
이메일   book@sallimbooks.com

ISBN   978-89-522-4656-1 03810